普及类古籍整理图书专项资助项目

2012年度教育部哲学社会科学研究重大课题
攻关项目“中国古代曲乐整理和研究”成果
（项目批准号：12JZD011）

明月几时有

宋词音乐之旅

李俊勇 编著

刘崇德 译谱

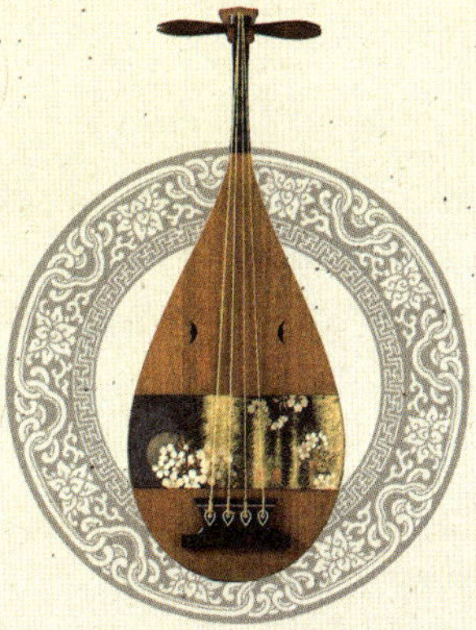

黄山书社

图书在版编目(CIP)数据

明月几时有:宋词音乐之旅/李俊勇编著;刘崇德译谱.—合肥:黄山书社,2018.6
ISBN 978-7-5461-7510-2

Ⅰ.①明… Ⅱ.①李… ②刘… Ⅲ.①宋词-诗歌欣赏 Ⅳ.①I207.23

中国版本图书馆 CIP 数据核字(2018)第 117742 号

出 品 人　王晓光
选题策划　汤吟菲　　刘　春
责任编辑　刘　春
责任印制　戚　帅　李　磊
装帧设计　尹　晨
出版发行　时代出版传媒股份有限公司(http://www.press-mart.com)
　　　　　黄山书社(http://www.hspress.cn)
地址邮编　安徽省合肥市蜀山区翡翠路 1118 号出版传媒广场 7 层 230071
印　　刷　安徽新华印刷股份有限公司
版　　次　2018 年 6 月第 1 版
印　　次　2018 年 6 月第 1 次印刷
开　　本　787mm × 1092mm　1/12
字　　数　200 千
印　　张　7.5
书　　号　ISBN 978-7-5461-7510-2
定　　价　52.00 元

服务热线　0551-63533706
销售热线　0551-63533761
官方直营书店(https://hsss.tmall.com)

序

宋词本为声乐，与曲同源，是唐天宝以来燕乐从宫廷到民间、由器乐而声乐演变的结果，这一结果就是曲子的产生。词乐即“曲子”，故其歌词也称曲子词，北宋以来文人渐将为曲子所填写的歌词称为“词”，形成一种文体，于是曲子之称便被“词”所替代。词的体制属于倚声填词，它的乐曲是燕乐之遗，节奏上以句为拍，是两宋时期最优美的歌声；它的文词依乐曲填写，宋以来的作者主要是文人士大夫，王国维称为“一代之文学”。世易时移，宋词在舞台上的地位逐渐让位于曲，“风流总被雨打风吹去”，作为音乐记录的宋代词乐乐谱也大多湮没不传，像南宋时修内司所编词乐总谱《乐府混成集》，至明末仅留数句残谱，但宋词音乐，仍然不绝如缕。

词乐衰歇之后，部分词乐被曲乐吸收，借曲乐以存。像清代的《曲谱大成》和《九宫大成》，以南北曲谱而收词，风格虽已曲化，其中未必不存古音。明代《魏氏乐谱》为宫廷古乐，所收诗词音乐虽未标出处，亦当渊源有自，为宋词音乐之别传。而《白石道人歌曲》中十七首宋词乐谱，为自宋传至今者，是保存最完整的宋词原始音乐文献。这些古谱，是宋词音乐最有力的见证。我们从中精选了二十首，由古代的俗字谱、工尺谱、减字谱等译为今日通行的五线谱和简谱，让那远去的歌声有机会再次回到舞台歌榭。

在词作的选择上，概以有古谱流传者为前提，兼顾文学与音乐两方面。文学上，要考虑所选作品的知名度，以脍炙人口的名篇佳作为主，又要照顾到历史时期的均衡性，两宋各阶段，都要有一些。名家佳制既多，不妨多选几首。音乐上，既要考虑到旋律的美听效果，又要考虑乐谱是否与词意贴合，同时还要兼顾乐谱来源的多样性和代表性。所选词乐，采自南宋姜夔《白石道人歌曲》、明代宫廷古乐《魏氏乐谱》、清康熙时内府所编《曲谱大成》、清乾隆时宫廷所编《九宫大成》、道光时谢元淮编《碎金词谱》、琴谱《和文注音琴谱》。这些乐谱，纵跨不同历史时期，也就能粗略看到词乐自宋以来的基本面貌与变化。当然，要做到文学和音乐的完全均衡，去取之际，颇费斟酌，结果仍不免既偏且狭。

乐谱的翻译，我们采用直译的方法，以存古谱之真。词作文本，尽量保存古谱歌词原文，少量文字与通行本不同，如句意可通则不改，如改字又波及删改乐谱的，也不改。有些属于明显错误，有些为照顾读者的接受习惯，我们据通行本对个别文字做了修订，如辛弃疾的【青玉案】，《魏氏乐谱》做“东风未放花千树”，我们据通行本改“未”为“夜”。所选【玉蝴蝶】,《魏氏乐谱》原词为柳永另一首作品,今改配名篇“望处雨收云断”等。因为普及性质，故文中不再出注。此书为李俊勇应黄山书社之约选编鉴赏，其乐谱酌用我历年来所译，音乐制作则由李占秀承担，出版工作全赖黄山书社精心策划编校，即此谨致谢意。

刘崇德

目录

渔家傲

塞下秋来风景异，衡阳雁去无留意。四面边声连角起。千嶂里，长烟落日孤城闭。

浊酒一杯家万里，燕然未勒归无计。羌管悠悠霜满地。人不寐，将军白发征夫泪。

渔家傲

（中吕调）

宋·范仲淹 词

据《曲谱大成》中吕宫引子填配

燕然未勒归无计。羌管悠悠霜满地。
人不寐，将军白发征夫泪。

写这首词的，是“先天下之忧而忧，后天下之乐而乐”的北宋名臣范仲淹。范词今存五首，这首〔渔家傲〕在宋初词坛那个承五代绪余，仍为艳科的时代，不能不说是词坛的一股新风。儿女春帷旖旎之态一变而为家国慷慨之声，形式上是词的体制，内容和风格上却向着诗靠拢。

这首词约作于仁宗朝，范仲淹任陕西经略安抚副使兼知延州时期，处于抗击西夏战斗的前沿。据宋魏泰《东轩笔录》记载，范仲淹此时填了数首〔渔家傲〕，皆以“塞下秋来”为首句，今天传下来的却只有这一首了。

此词上片写景，景中有情；下片抒情，情中有景。范仲淹是苏州人，自小熟悉江南风物，后驻守塞外，秋天萧瑟之景极为荒凉，大漠千里，孤城落日，又闻连角之声，则更显荒凉辽阔，与江南风景自是大相悬绝。读此，总令人想起王维的名句“大漠孤烟直，长河落日圆”，范仲淹这首词和王维的诗有异曲同工之妙。“塞下秋来”，一则点明时间节令，一则暗示来塞外已非一日，乃由春转夏，由夏经秋。长久驻守塞外边城，更见雁南飞而无留意，人也不免思念故乡。“浊酒一杯家万里”，“浊”字用之极好，也许边城无美酒佳酿，见环境之恶劣，也许并不缺少美酒，但为表达情怀的需要，而特意用“浊”字，方与全词情绪相衬。既为想家却不能归，故饮酒遣愁，更于浊酒一杯之际，想起家乡。边患未除，功业未就，无由得归，此正是“先天下之忧而忧”也。为国忧愁以致常常失眠，夜听羌管悠悠之声，但见繁霜满地。将军与士兵，长期戍守边关，西夏威胁未除，还乡尚无定期，国恨家愁，交织在心，皆在“白发”与“泪”中体现出来，甚是苍凉悲壮！

朝中措

平山栏槛倚晴空，山色有无中。
手种堂前杨柳，别来几度春风。
文章太守，挥毫万字，一饮千钟。
行乐直须年少，尊前看取衰翁。

朝中措

（双调）

宋·欧阳修 词
《魏氏乐谱》卷三

一 饮 千 钟。行 乐
直 须 年 少，尊 前 看 取 衰 翁。

欧阳修之词多婉约之作，此首直是豪迈壮阔，亦似诗境。这首词，宋吉州刻本于调名下有题“送刘仲原甫出守维扬”，刘原甫即刘敞，说明是赠行之作。词中所写平山堂，在扬州城西北蜀岗之上，欧阳修在扬州做官时所建，地不甚高，但形势开阔。李壁注王安石《平山堂》诗说：“江南诸山环列檐下，若可攀取，因目之曰平山堂。”刘敞到任后，有《游平山堂寄欧阳永叔内翰》诗云：“芜城此地远人寰，尽借江南万叠山。水气横浮飞鸟外，岚光平坠酒杯间。”可知，从此堂远远望去，江南诸山若与堂平，故名之曰“平山堂”。

此词上片写平山堂的景致，回忆当年建堂种柳之举，抒发对平山堂的怀念之情。欧公倚靠平山堂的栏杆，由于碧空如洗，形成人倚平山堂，平山堂倚晴空的关系，劈头一句即奠定豪迈的基调。“山色有无中”乃王维诗句，欧公直接拿来，描写从平山堂远望江南诸山形胜的景致，分外贴合。有人认为平山堂离诸山甚近，“山色有无”，证明欧公近视，苏轼则用江南烟雨造成山色有无之状来反驳近视之说。按，近视之说，迂腐不堪，吴世昌即说道：“岂王维亦近视耶！”因这一句乃借用王维诗句原文。实则山色远望，自不如近前真切，若有若无本是常态。欧公想起当年堂前亲手种的柳树，如今离开多年，已不知长成什么样子，“手种”一词，是感情所在，“几度春风”，是怀念之情，正所谓枝枝叶叶总关情也，也暗示让刘敞到扬州之后替自己去看看，堂如何了，柳如何了。

下片称赞刘敞的博学多才，是对刘敞的激赏之语，正与送人的标题相应。“文章太守”，是说刘敞既有高级的官位，又有博学的文才。《宋史・刘敞传》：“欧阳修每于书有疑，折简来问，对其使挥笔，答之不停手，修服其博。”欧阳修给刘敞写的墓志铭里也提到：“其为文章，尤敏赡。尝直紫微阁，一日追封皇子、公主九人，公方将下直，为之立马却坐，一挥九制数千言，文词典雅，各得其体。”都说明他能在顷刻之间，下笔万言，才高如此。挥毫万字，其洒脱之状，尤甚于下笔千言也。更加上“一饮千钟”，酒自古即是文人不能或离之物，酒量之大，亦倍增豪迈之气。末句趁此豪情，直接劝勉及时行乐，莫待衰老之时欲行乐而不可得。您看看我这衰颓的老头子，还能有什么快乐可言呢，就算想多喝几杯，恐怕都无法做到了。

玉蝴蝶

望处雨收云断，凭阑悄悄，目送秋光。晚景萧疏，堪动宋玉悲凉。水风轻，
蘋花渐老，月露冷、梧叶飘黄。遣情伤。故人何在？烟水茫茫。
难忘，文期酒会，几孤风月，屡变星霜。海阔山遥，未知何处是潇湘。念双燕、
难凭远信，指暮天、空识归航。黯相望。断鸿声里，立尽斜阳。

玉蝴蝶

（正平调）

宋·柳永 词

《魏氏乐谱》卷一

忘，文期酒会，几孤
风月，屡变星霜。海阔山遥，未
知何处是潇湘。念双燕、难凭远
信，指暮天、空识归航。黯相
望。断鸿声里，立尽斜阳。

柳永之作，多写儿女情态，描摹逼真。但他最好的词，还是那些羁旅之作，所谓“不减唐人高处”。这首词的主旨是伤秋怀人，状秋景，如在目前；写思念，力透纸背。它的结构，上片写景，牵动伤秋情绪，至末句引出对人的思念：故人何在，烟水茫茫！这是由景引到情。下片则从时间、空间、天上、地下多个角度反复写对故人故事的怀念、渴念而不可得，最后独立斜阳，这又是从情引到景。

从全词来看，起首便是一个词人站立，望秋色而伤情的形象，结尾又以词人独立斜阳收束，中间全是词人站在一个地方所见所思所想，可以说，这首词写了一个词人独立在秋天暮色苍茫中的时刻。晚景萧疏和立尽斜阳是写实，由此可以判断时间，词中月露冷、暮天，既是用典故，也可以看成是写实，总之，词人从太阳偏西一直站立在那里。从词的内容来看，地点像是野外江边，词人因伤感和思念几乎是怔住了，这一刻持续了很长时间，直到太阳西坠，完全进入暮色。词中所有的内容都发生在这一段时间里。

词人以伤秋出名的宋玉自况，所望之处，云开雨收，秋光萧瑟，除了大自然的声音，几乎没有任何人类的喧嚣。词人凭栏远望，秋的声音、秋的景象不免牵动离愁，眼望烟水茫茫之际，问故人何在，故人恰也似这茫茫烟水，不见任何踪迹。孤独羁旅，最易想起诗朋酒友的那些吟诗填词的诗酒之会，而自从分别以来，光阴一年年更改、消逝，屡次辜负大好时光，再也无法和诗友们一起吟诗作对。眼前飞过的双燕带不来朋友的消息，一次次望见归来的船帆，总以为是故人到了，却不过是一次次的误认，来船根本就没有故人的踪影。在一年年的辜负和失落中，此刻黯然相望，伴着断鸿的哀鸣，独立斜阳之中，直到暮色完全吞没了天光和自己。以景语做结，仿佛这哀愁没有尽头。

水調歌頭

明月几时有？把酒问青天。不知天上宫阙，今夕是何年？我欲乘风归去，
又恐琼楼玉宇，高处不胜寒。起舞弄清影，何似在人间！
转朱阁，低绮户，照无眠。不应有恨，何事长向别时圆？人有悲欢离合，
月有阴晴圆缺，此事古难全。但愿人长久，千里共婵娟。

水調歌頭

宋·苏轼 词
《碎金词谱》卷四

在 人 间！转 朱 阁， 低 绮 户，照 无 眠。
不 应 有 恨， 何 事 长 向 别 时 圆？人 有
悲 欢 离 合， 月 有 阴 晴 圆 缺， 此 事
古 难 全。但 愿 人 长 久，千 里 共 婵 娟。

这是关于中秋的诗词中，最为人熟知的名篇。提起苏轼的词，几乎所有人立刻就会想到的，一个是“明月几时有”，另一个就是“大江东去”了。这首词作于熙宁九年（1076年），据作者题序，乃是中秋之夜，欢饮达旦，大醉。于是写了这首词，同时表达对弟弟的思念之情。

起句化用李白诗句“青天有月来几时，我今停杯一问之”，又颇有《春江花月夜》中“江畔何人初见月，江月何年初照人”之哲思。由问青天之月，进而问青天之年，人间今夜是中秋，天上节令又如何？实则是表达明月照耀之下，“不知今夕何夕”之感。由发问继而又欲付诸行动，乘风上天，又恐月宫琼楼玉宇之中，过于寒冷。则对月起舞，清冷缥缈，已如在天上一般，虽在人间，何似人间！“起舞弄清影”句似从李白“我歌月徘徊，我舞影零乱”化来，多清冷飘逸之气，而无李诗孤独清绝之感。整个上片，句句是月，句句关照天事，如在天上一般，清冷、虚无、缥缈、空灵。

下片则回到人间，亦句句是月，却句句关照人事。“转朱阁，低绮户，照无眠”，月光在流转，时间在消逝，人却无眠。月光照人不眠，古人诗句中常常如此，因人有心事或离情，本不易眠，月光照进来，一则由于光亮更加难以入睡，二则见月怀人或思乡，倍增其情，亦难以入眠。此句之妙，除了九字音节流转，先后衔接自然之外，最主要的是写出了月亮在夜晚不断移动的动态，较晏殊的“明月不谙离恨苦，斜光到晓穿朱户”尤进一步。“月如无恨月长圆”这是唐人诗句，此处又进一层，嗔怪月光，你不是对我有意见吧，否则为什么常在亲人离别不能团圆之时月光朗照呢，月圆而人未圆，此种反差特易动人离思。接着，词人转念即悟，一如既往豁达起来，这也是苏轼一贯的精神世界和境界。月有阴晴圆缺，所谓圆缺，指月亮的盈亏，所谓阴晴，指有月的夜晚，天气的阴晴，阴天时无月，晴天时有月，月光有时照耀大地，有时被云雨遮断。月亮的阴晴圆缺和人有悲欢离合一样，这是自然和人生的真实状态，古来一直如此。因此又何必期待人常圆、月长圆呢，月圆时人可能缺，可能圆，月缺时人又可能圆，可能缺，皆自然而已。只要人长久、康健，彼此皆存在这世上，且知道彼此的存在，能共看这一轮明月，也就足够了。

永遇樂

明月如霜，好风如水，清景无限。曲港跳鱼，圆荷泻露，寂寞无人见。紞如三鼓，铿然一叶，黯黯梦云惊断。夜茫茫，重寻无觅处，觉来小园行遍。

天涯倦客，山中归路，望断故园心眼。燕子楼空，佳人何在？空锁楼中燕。古今如梦，何曾梦觉，但有旧欢新怨。异时对，黄楼夜景，为余浩叹！

永遇樂

（正平调）

宋·苏轼 词
《魏氏乐谱》卷二

小 园 行 遍。
天 涯 倦 客，山 中
归 路，望 断 故 园 心 眼。燕 子 楼 空，
佳 人 何 在？空 锁 楼 中 燕。古 今 如 梦，何 曾 梦 觉，
但 有 旧 欢 新 怨。异 时 对，黄
楼 夜 景，为 余 浩 叹！

写这首词时，苏轼在徐州任上。此词原有词题：“公旧注云：夜宿燕子楼，梦盼盼，因作此词。一云：徐州梦觉，北登燕子楼作。”自宋至今，人们多被“梦盼盼”干扰，不得确解。其实后说才合理，苏轼的确做了一个梦，梦见的却是已故的前妻。

上片，写夜晚之景极为清冷幽静，词人在这样的夜里做了一个梦，梦见了一个人，可梦并不踏实，竟被轻微的声音惊醒。说明词人梦前即已深陷思念，思绪纷繁，故所念之人入梦，却又睡不实。梦中相见更加重了醒后的怅惘和思念，乃至无法排遣，走遍小园寻梦。那么，让他黯然伤神，睡前反复思量，梦中又来相会，醒后复又追寻的梦中人，会是一个几百年前的歌妓吗？只能是与苏轼关系极密切之人，这人正是他的前妻王弗。

下片写到思乡，因王弗的坟墓在故乡，思乡即怀人，与上片正好衔接：因思念而梦，梦“惊断”，又“行遍”，行遍不得，故登燕子楼“望断”故园，对妻子的思念一层递进一层，逻辑井然。因登燕子楼而想到唐代的盼盼，张愔守徐州，为爱妾盼盼造燕子楼，张死后，盼盼不嫁，居此楼十余年。而苏轼也守徐州，盼盼是张愔的爱妾，王弗是苏轼的前妻，同是夫妻关系。苏轼写这首词时，距王氏去世十三年，也是十余年。而就在三年前，妻子去世十年之际，苏轼写过一首〔江城子〕“十年生死两茫茫”，也是记梦。因有思妻之情，盼盼的经历让苏轼感同身受，故引来对比。盼盼夫妇之情在前朝，故为“旧欢”，苏轼夫妇之情在当代，故为“新怨”，时空不同，情缘总是一样，故如梦未觉。而燕子楼与黄楼同在徐州，黄楼为苏轼所建，苏轼此时对燕子楼为盼盼感叹，又设想多年后的一天，后人对黄楼又为自己感叹。所谓后之视今，亦犹今之视昔。

全词由对亡妻的怀念，借燕子楼的典故，又发出人生、情感、时空之哲思，在立意上进一步升华和推进，结构极为巧妙。

念奴娇

大江东去，浪淘尽，千古风流人物。故垒西边，人道是，三国周郎赤壁。
乱石穿空，惊涛拍岸，卷起千堆雪！江山如画，一时多少豪杰！
遥想公瑾当年，小乔初嫁了，雄姿英发。羽扇纶巾，谈笑间，樯橹灰飞烟灭。
故国神游，多情应笑我，早生华发。人间如梦，一尊还酹江月！

念奴娇

宋·苏轼 词
据《九宫大成》卷四十五定拍

一时多少豪杰！△ 遥想公瑾
当年，小乔初嫁了，雄姿英发。
羽扇纶巾，谈笑间，樯橹灰飞烟灭。
故国神游，多情应笑我，早生华发。
人间如梦，一尊还酹江月！

这是宋词中最有名的篇章之一，它为苏轼挣够了豪放的名声。这首词作于元丰五年（1082年）七月，当时苏轼在黄州，游览了附近的赤壁，虽然这个赤壁不是当年赤壁之战的赤壁，但何妨借此赤壁之名抒彼赤壁之情，就算为了这首词，我们也应该感谢黄州赤壁。

上片所写是辽阔的风景和宏大的历史，东坡面对大江，想到当年众多风流人物，都随着浪花的翻滚而被江水汩没了，这浪花是实际的浪花，同时也是时间的长河。然后视线转向一处旧垒西边，据说这便是三国时期赤壁之战的所在，“人道是”用词极准，他也只是听说，当地人或以借重，苏轼则正好借机抒情。特意揭出周郎，因周郎乃赤壁之战的主将，也是胜利的一方，听到周郎二字，便有无尽豪迈之气，与眼前江景也颇相称。若改成曹操，人们马上会想到一个被火烧得灰头土脸的逃跑形象，词的意境也没了。当然，这也是为了引出下片要写的“公瑾”。接下来转入自然景色的描写，“乱石穿空”，写出山势险峻，“惊涛拍岸，卷起千堆雪”，写浪大风狂，水势浩大。由此延伸出去，整个江山便如画卷一般。在这如画的江山里，是一幅波澜壮阔的三国历史画卷，一时间许多豪杰在这画卷里纷纷登场。既有豪杰出场的豪迈，又有豪杰被时间吞没的感慨，且引出众豪杰之代表：周郎。

上片是赤壁之战的概貌式抒情，下片则进入特写画面。东坡遥想当年正值壮年的公瑾，事业上处于鼎盛期，又娶了这世上最美的女子，踌躇满志，正是“雄姿英发”的时候。他的俊逸儒雅和雄才大略，只一句便跃然纸上：头戴纶巾，轻扇羽扇，谈笑之间，几乎铺满半个江面的敌船便灰飞烟灭。词人从历史的画卷又回到现实，生出人生如梦的感慨，这种感慨出现在苏轼的很多诗词作品中，成了一个常见的主题。

“故国神游”，故国即国家过去的时代，神游即神往之游，情思思绪又回到赤壁之战时期，即总括前面之多少豪杰与遥想公瑾当年也。多情即容易引发情思之谓，见赤壁而生无尽感慨，多情即劳心，劳心则易老，易老则头先白。更感叹人生短暂，人生世间真如一梦。“一尊还酹江月”，既是对赤壁故事的祭奠，更是人与自然的一种沟通，是对人生如梦感慨的一种抒发和行动体现。

满庭芳

山抹微云，天黏衰草，画角声断谯门。暂停征棹，聊共引离尊。多少蓬莱旧事，空回首、烟霭纷纷。斜阳外，寒鸦万点，流水绕孤村。

销魂。当此际，香囊暗解，罗带轻分。谩赢得、青楼薄幸名存。此去何时见也，襟袖上、空惹啼痕。伤情处，高城望断，灯火已黄昏。

满庭芳

宋·秦观 词

《碎金词谱》卷三

尊。多少蓬莱旧
事，空回首、烟霭
纷纷。斜阳外，寒鸦
万点，流水绕
孤村。销魂。当

此 际，香 囊 暗 解，
罗 带 轻 分。
谩 赢 得、青 楼 薄 幸
名 存。此 去

何 时 见 也， 襟
袖 上、 空 惹 啼 痕。
伤 情 处， 高 城 望
断， 灯 火 已 黄 昏。

这是秦观词作中的名篇，苏轼称其为“山抹微云秦学士”，宋人亦多以“山抹微云”代指秦观，足见此词流播之广。内容则是与歌妓的别情，古人常善写分别的片刻，将那一刹那写得伤感动人，像柳永的〔雨霖铃〕、王实甫《西厢记》中“长亭送别”，都是这类佳作。

词分两片，这两片是并列关系，同时发生，共写离别的片刻：“引离尊”“香囊暗解，罗带轻分”“襟袖上、空惹啼痕”。上片侧重往事的回忆：“多少蓬莱旧事”；下片侧重将来的期盼：“此去何时见也。”起句交代分别的地点、节序与氛围，城外江边，往前望，远处群山微云淡抹，枯黄的秋草连绵开去，与天际相连。往后看，近处城头谯楼已吹过黄昏的画角。“哀”字点明秋季，奠定萧飒的氛围，著一“断”字，哀厉高亢的画角声更添凄切之感。这时候，征船暂停不发，与爱恋的歌女一起举杯痛饮离别之酒，共话往事。念及将来，又相见无期，女子不免抽泣起来，以袖掩面。“多少蓬莱旧事”句，既是承上，是二人话别时共同回忆曾经的浓情蜜意，再回首已无处可寻，空见眼前烟霭迷蒙而已；又是接下，词人登舟离去，更加想念一起的时光。多少往事，徒然回首，再也不见，但见纷纷烟霭，斜阳外，寒鸦阵阵绕空盘旋，江水回绕孤村而已。这里蓬莱旧事既指往事，也指刚才离别之人，人与事，二而一之，登船离去，回头望着，一直见那人消失在暮霭之中，再也望不见，恰与“伤情处，高城望断，灯火已黄昏”相呼应。船往前行，人往后望，一直到人不见、城不见，从斜阳外到灯火初上，渐行渐远。这“回首”二字，便是词眼。下片以景语结，却又含不尽之意于言外，仿佛词人的船一直开着，人一直望着，时间就定格在了那个片刻。

此词用典不少，如“寒鸦万点，流水绕孤村”用隋炀帝诗，“销魂。当此际”用江淹《别赋》，“香囊”“罗带”，用汉唐人诗习用典故，“青楼薄幸名”用杜牧诗，“高城望断”用唐欧阳詹诗，句句用典，又句句写实，融合妙无痕迹。

隔浦蓮

新篁摇动翠葆，曲径通深窈。夏果收新脆，金丸落、惊飞鸟。浓霭迷岸草。

蛙声闹。骤雨鸣池沼。水亭小。

浮萍破处，帘花檐影颠倒。纶巾羽扇，困卧北窗清晓。屏里吴山梦自到。

惊觉。依然身在江表。

隔浦莲

（道宫）

宋·周邦彦 词
《魏氏乐谱》卷三

帘花檐影颠倒。纶巾羽扇，困卧北
窗清晓。屏里吴山梦自到。
惊觉。依然身在江表。

这首词，其他版本多题作〔隔浦莲近拍〕，副题是“中山县圃姑射亭避暑作”，中山距溧水县很近，一般认为这是周邦彦知溧水县时所作。这首词写了姑射亭周边的夏季景色和消暑的闲淡之情，闲淡之中又有对故乡山水的思念。

上片全写夏景，“新篁摇动翠葆”，翠绿的嫩竹叶在风中摇曳，整个竹林给人以清新透亮之感。然既为竹林，自有曲径，曲径幽深，色调又复转暗。接下来写夏果成熟，刚收新脆，色调又变明亮。只此三句，便写出夏季清凉场景。果实成熟掉落，由于周边极为安静，果实迅速掉落的声音，以至于鸟儿误以为是飞来的弹丸，惊飞而去。此句既写静，又写动，以动衬静。王维著名的《辛夷坞》“木末芙蓉花，山中发红萼。涧户寂无人，纷纷开且落”和《鸟鸣涧》“人闲桂花落，夜静春山空。月出惊山鸟，时鸣春涧中”都是这种笔法。接下来写岸边青草郁郁葱葱的一片，青蛙的喧闹声、骤雨声以及骤雨打在池塘水面的声音，这几句虽仍由静中得之，然主旨已是写动了。

一句“水亭小”，不但告诉了我们这个姑射亭的面貌以及周边精致的小园林景色，也与后面的“困卧北窗清晓”相互映发，颇有怡然自得之感。骤雨过，浮萍破，露出的水面正好映出檐、帘、花的倒影，也确实只有纶巾羽扇、困卧北窗的闲人才能注意到这样的细节。词人于此地消暑高卧，身处山水之中，加之床边屏风所画尽是吴地山水（周邦彦为钱塘人，吴越古即联称），梦中恍惚徜徉于家乡山水之间，可是醒来，却依然身处异乡，颇有惆怅之感，一“惊”字，将此种感觉着实写出。

夏雲峰

天阔云高，溪横水远，晚日寒生轻晕。闲阶静、杨花渐少，朱门掩、莺声犹嫩。悔匆匆、过却清明，旋占得馀芳，已成幽恨。都几日阴沉，连宵慵困。起来韶华都尽。

怨入双眉闲斗损。怎舍得情怀，看承全近。深深态、无非自许。厌厌意、终羞人问。争知道、梦里蓬莱，待忘了馀香，时传音信。纵留得莺花，东风不住，也则眼前愁闷。

夏雲峰

（道宫）

宋·释仲殊 词
《魏氏乐谱》卷三·

怨 入双 眉 闲斗 损。 怎 舍 得情怀，看 承全 近。
深深态、无非 自 许。 厌厌意、终 羞 人问。
争 知道、梦 里蓬莱， 待 忘了馀 香，时传音 信。
纵 留得莺 花，东 风不住， 也 则眼前 愁 闷。

这首词的作者仲殊，名挥，原姓张，曾中进士，后来出家为僧，居杭州吴山宝月寺，崇宁中自缢身亡。今存词四十余首，此首因收入上彊村民编的《宋词三百首》而广为人知。

词题为“伤春”，而伤春常与闺怨相连，此词上片感叹春光过去、韶华易老，下片则深闺自厌，闷怀无端，思情辗转而愁绪难遣。上片起首便是一幅春晚山溪图，清朗开阔，著一寒字、晚字，引入清冷之境。此是大处着笔，属于远镜头。然后拉到近处，一个深宅大院，“闲阶静”与“朱门掩”，都说明长久无人来，有一种独处深闺的寂寞感。杨花渐少，感慨春天过半；莺声犹嫩，似觉时光犹在。只悔自闭深院，放春光匆匆过去，未及细赏，及至想起，已是暮春馀芳，即此馀芳，也是刚占得，便已逝去。只怪连续几日阴沉天气，春困慵懒，等到天光放晴，韶光已尽，只能幽恨不已了。韶华一词既有感慨自然春光过却之意，也有人的青春年华已逝的伤感。

下片则具体描写闺怨之人与闺怨之情。独处深闺，怨上眉梢，深蹙不展。“怎舍得”，通行本皆作“乍品得”，意谓刚刚体会到春情，看看已十分亲近。此种春情既是对春天美好的领悟，又是对心上人的思念，相思之情汹涌袭来，在思念中才能感知到他的存在。因思念之人不在，加之春情缱绻，故“深深态”“厌厌意”，一腔幽怨之态，欲向人言，又怕人问，自怜自爱，自怨自艾。下句之意，将词句换个位置，便全然明白。“待忘了馀香，争知道、梦里蓬莱，时传音信”，一段情，经历了岁月，还剩这最后一点馀情未了，可这“馀香”总是挥之不去，这馀香即是造成伤怨之态、伤春之情的根本，本待要忘了那一点馀情，让自己得到彻底的解脱，怎知道他又不时托梦，当初欢会的情景，还不时传来。藕断丝连，欲去还留恋。纵然留得莺花长在，可东风却无法停住，催人老去，眼儿前、心儿里，也是一样的愁闷。

憶王孫

萋萋芳草忆王孙。柳外楼高空断魂。
杜宇声声不忍闻。欲黄昏。雨打梨花深闭门。

忆王孙

（羽音）

宋·李重元 词

据《和文注音琴谱》按谱

这是李重元所作的一首闺怨词，闺怨词的季节背景，无非是“伤春悲秋”，此首为春愁。其意象与典故的使用，如芳草王孙，柳外楼高，杜宇声声，雨打梨花，均有所出，乃集前人故典、故句而成新词者，典故意义各有不同，而能统一熔铸在一个主题一首词内，并无拼接痕迹，浑然天成，实是高妙。更妙者，即使不知道这些典故，或完全不把这些词句看成是典故，对词意的理解，仍无妨碍。这些词句本身便是一个极为自然的写实场景，亦典亦实，二而一之。

起句“萋萋芳草忆王孙”，出自《楚辞》：“王孙游兮不归，春草生兮萋萋。”自汉以来，芳草王孙已成诗中熟套。此处却极自然，亦可看作实写。在这个春天，女主人公经常望见陌上连绵的春草，触景伤情，想起远游的他。然后场景一换，她独处深院高楼，楼边院外，密柳掩映，她望着楼外的道路和芳草萋萋的远方，希望他在某一时刻可以出现，但一天又一天，他最终没有出现，唯有空断魂而已。此二句宜与欧阳修的〔蝶恋花〕参看：“庭院深深深几许，杨柳堆烟，帘幕无重数。玉勒雕鞍游冶处，楼高不见章台路。”因思念而断魂，窗外又传来杜宇的声声哀啼，更助长了愁苦的气氛，故不忍听也。杜宇相传为古蜀国的君主，称帝于蜀，号曰“望帝”。据传他曾和大臣的妻子私通，惭而亡去，死后魂魄化为子规鸟即鹃鸟，每于春耕时哀鸣，后人因呼鹃鸟为“杜鹃”，故杜鹃又名杜宇。一天之中，“黄昏”是最易伤感的时刻，李白词所谓“暝色入高楼，有人楼上愁”，《诗经》所谓“日之夕矣，如之何勿思”，都是这个意思。钱锺书《管锥编》“《毛诗正义·君子于役》”一节中引述大量例证来说明“暝色起愁”的道理，如司马相如《长门赋》：“日黄昏而望绝兮，怅独托于空堂。”赵德麟〔清平乐〕：“断送一生憔悴，只消几个黄昏。”孟浩然《秋登兰山寄张五》：“愁因薄暮起。”晏几道〔两同心〕：“恶滋味，最是黄昏。”钱先生评论说：“盖死别生离，伤逝怀远，皆于黄昏时分，触绪纷来，所谓‘最难消遣’。”在这样的时刻，偏又风吹急雨打落梨花，“梨花一枝春带雨”本形容女子的青春之美，雨打梨花，既实写出一个更助人愁的场景，也暗示女子的韶华已被雨打风吹而黯淡。欧阳修〔蝶恋花〕词中说“雨横风狂三月暮，门掩黄昏，无计留春住。泪眼问花花不语，乱红飞过秋千去”可做此句绝佳注脚。“深闭门”一词尤愁苦，乃无奈之极，绝望之词也。终日望郎不至，闭门深院之中，既是实写深居简出的寂寞，又暗示其心灵也困守愁城，一腔心事，不欲与人言，亦无人可言也。

武陵春

风住尘香花已尽，日晚倦梳头。物是人非事事休，欲语泪先流。
闻说双溪春尚好，也拟泛轻舟。只恐双溪舴艋舟，载不动许多愁。

武陵春

（双角调）

宋·李清照 词
《魏氏乐谱》卷三

这首词李清照作于晚年，一题“春晚”。南宋绍兴四年（1134 年），金兵南侵，李清照从临安移家金华，次年局势稍稳，词人于暮春时节，感时伤世作此。

起句“风住尘香花已尽”，花已尽，点明暮春时节，枝头之花被风吹落泥土之中，使尘土也染上了花香，陆游〔卜算子〕（咏梅）词句“零落成泥碾作尘，只有香如故”，恰可与李清照此句相发明。风已住，花已尽，加之后面所言“事事休”，连在一起，写出一种绝望之感，一切都过去了，一切都结束了。风物不改，人事皆非。想要说点什么，泪却止不住先流了下来，沉痛之极，肢体生理的反应已先于言语，也非言语所能表达。故此词中的“日晚倦梳头”，当非《诗经·伯兮》中“自伯之东，首如飞蓬。岂无膏沐，谁适为容”，也不是如司马迁所说“女为悦己者容”，不是年轻女性因为心上人或悦己者不在而懒于梳妆，而是一种慵倦、无望情绪的表达，对一切都倦怠了。上片起句轻柔，愁浅而淡，越转越深，至结句，已变得十分沉痛。

这种沉痛与苦闷，需要排遣。所以，词人也打算出游散心，听说双溪（据《浙江通志》卷十七，双溪，在金华城南，一曰东港，一曰南港）春光尚好，因为山里的春天来得迟些，可能花尚未谢，甚至刚刚开放，打算泛舟溪上，在山光水色之中遣愁排闷。但也只是闻而已，拟而已，自然之春光，恐怕也不能消掉这许多的愁苦。词人在这里并不直说，而是用了一个比喻，并且这比喻极富逻辑：这许多愁皆是词人之愁，故愁者，存于词人之身，词人拟去泛舟，则舟所载者兼有人与愁也，愁太多太重，恐舴艋小舟无法承受。下片起句接上片结句之沉痛，故以“闻说”“也拟”游春泛舟宕开一笔，由重转轻，结句复又转入愁多，以重收束。全词情感韵律是轻重轻重式结构，自然又巧妙。

这首词中像“物是人非事事休，欲语泪先流”“载不动、许多愁”，都成为广为传诵的名句。其中以舟载愁之说，钱锺书《宋诗选注》认为宋以后的许多类似句法，都发源于宋代诗人郑文宝的《柳枝词》“不管烟波与风雨，载将离恨过江南”。像这种句法，如辛弃疾“明夜扁舟去，和月载离愁”，张可久“画船儿载不起离愁”，都祖述郑文宝，甚至直接取法李清照的。并且这种写法还进一步延伸，钱先生又举出石孝友的〔玉楼春〕词：“春愁离恨重于山，不信马儿驼得动。”这是把船变为马。到后来王实甫的《西厢记》里又把船变成车，如第四本第三折中说：“遍人间烦恼填胸臆，量这些大小车儿如何载得起。”都可以和这首词参看。

聲聲慢

寻寻觅觅，冷冷清清，凄凄惨惨戚戚。乍暖还寒时候，最难将息。三杯两盏淡酒，怎敌他、晚来风急。雁过也，正伤心，却是旧时相识。

满地黄花堆积。憔悴损，如今有谁堪摘？守着窗儿，独自怎生得黑？梧桐更兼细雨，到黄昏、点点滴滴。这次第，怎一个、愁字了得！

聲聲慢

宋·李清照 词
《碎金词谱》卷二

时 相 识。满 地 黄 花 堆 积。憔 悴 损，如
今 有 谁 堪 摘？守 着
窗 儿，独 自 怎 生 得 黑？梧 桐
更 兼 细 雨，到 黄 昏、点 点 滴 滴。
这 次 第，怎 一 个、愁 字 了 得！

这首作品广为传诵，是李清照的暮年之作，衰飒凄苦之感布满全篇，让人不忍卒读。

这首词，有的版本题作“秋情”“秋闺”“秋词”，从词的内容来看，“冷冷清清，凄凄惨惨戚戚”“雁”“黄花”“梧桐细雨”都是典型的秋季风物，词以秋为季节背景，当无差错。至于最具争议的“乍暖还寒”一词，有人指其多用于早春时节，与词中其他秋季情景矛盾。也有人认为是写秋天早晨的气候特点，又认为该词写一天的情景，故据其他版本改“晚来”作“晓来”，如此，则词意全通。我以为乍暖还寒当指下午甚至快到黄昏时候的天气，秋季早晚冷而中午暖，阳光明媚时，则中午尤暖，却较为短暂，故云“乍”，就暖了那么一会，又“还”寒了。所以，到了还寒时候，已是下午，接近傍晚。故云“晚来风急”，晚字实不必改也。这首词也不是写一天的情景，而是一段时间的心态，因为寻寻觅觅并非一天，只是这一天风急兼雨，尤为愁苦。所以就主要写这一天中黄昏将晚的时刻，最凄苦之时，上下片都是写同一时间。

寻寻觅觅，寻的是什么？所觅又是何物？是旧梦，是故园，是逝去的伴侣，更是一种晚年漂泊不定时最渴望的安定感，是人生的归宿感和支撑物。可是寻觅一生，却是“冷冷清清，凄凄惨惨戚戚”，既是对当天环境气候的白描，又是对整个秋季萧瑟的描写，更是词人自身晚景凄凉的比喻。傍晚乍暖还寒之时最难保养身体，风急天寒，几杯淡酒根本暖不过来。伤心之时，恰有北来的大雁飞过，说是旧时相识，只因雁从北方的故乡飞来也，让人想起故乡和北方的旧时光。如今，菊花开满一地，人却憔悴瘦损，精神委顿，谁还有心情摘呢？一个人守着窗儿，孤独凄苦，怎么熬到天黑呢，这一天如何过去？“梧桐更兼细雨，到黄昏、点点滴滴”既是实写，又是用典，温庭筠〔更漏子〕下片：“梧桐树，三更雨，不道离情正苦。一叶叶，一声声，空阶滴到明。”细雨打在梧桐树上，从早晨到黄昏，一点点一声声，更助凄凉与愁闷。所以，这情形这景况，怎是一个愁字能了结呢？下片连续三问，凄苦已极，愁怨已极矣！

鳳凰臺上憶吹簫

宋·李清照 词

《九宫大成》卷五

鳳凰臺上憶吹簫

香冷金猊，被翻红浪，起来慵自梳头。任宝奁尘满，日上帘钩。生怕别愁离苦，多少事、欲说还休。新来瘦，非干病酒，不是悲秋。

休休，这回去也，千万遍阳关，也则难留。念武陵人远，烟锁秦楼。唯有楼前流水，应念我、终日凝眸。凝眸处，从今又添、一段新愁。

休，这回去 也， 千万遍 阳 关， 也则 难
留。念武陵人 远， 烟锁 秦 楼。唯有楼前
流 水， 应念我、终日凝 眸。凝眸
处， 从今又 添、一段新 愁。

这是一首哀怨之曲，丈夫赵明诚离家远行，词人独处深闺，充满了无尽的思念。据徐培均先生考证，这首词大约作于北宋大观三年（1109年）九月，赵明诚去灵岩之时，时序也正与词中所述相合，词中说瘦损的原因“不是悲秋”，正好透出词作的时间为秋季。

早晨，帘外的太阳已经升起，透过帘幕照进屋来，香炉里的香也已燃尽，早就冰冷了，这时词人才倦倦而起。红色的被子自然地堆在床上，像翻滚的波浪，一切都是那么慵懒倦怠。头也懒得梳，任凭梳妆盒上落满灰尘，这也说明词人如此，已非一日。这是为什么呢？原来是爱人出远门了，并且这一次特别坚决，一定要去，不像平时，劝慰几句，也许就不去了，可以在家相陪。阳关既指送别之曲，其意更在相留，百般劝慰，也终于留不住他，只好任他远去。而自己呢，一生最怕离别之苦，多少事，想说却无人可说，更是愁多且重，哽咽到欲说还休。因为思念丈夫，情绪不佳，身体也消瘦了。一句“新来瘦”，既说明最近才瘦，而且瘦得很快，正是思念之深的表现。同时也说明过去不瘦，夫妻一起的时候，是何等愉快。为何消瘦，词人不直说，只告诉我们不是因为喝酒成病，也不是伤秋感时，只因夫妻的离别和内心的思念，而思念又恰是无法言说的。

心爱之人远去，词人终日登楼远望，望着他离去的方向，也盼着能望见他回来的身影，可是云雾连绵，好像把重楼给围住了，迷蒙不清，看不到远处，就如同被封锁起来一般。不能望远，远处之物亦不能望我，无法如辛弃疾所谓“我见青山多妩媚，料青山见我应如是”，何止远处之物不能望我，远方之人是否也知道我为他终日凝眸远望呢。最知晓我的怕只有这楼前的流水吧，每日淙淙流淌，伴我痴情凝望远方。实则流水亦指相思，思君如流水，古人常喻如此。丈夫此番远行，是于旧愁之上又添一段新愁也。下片采用顶真句法，词句鱼贯而出，一顿一放，颇收哀怨缠绵之效。

破陣子

醉里挑灯看剑，梦回吹角连营。八百里分麾下炙，

五十弦翻塞外声。沙场秋点兵。

马作的卢飞快，弓如霹雳弦惊。了却君王天下事，

赢得生前身后名。可怜白发生。

破陣子

宋·辛弃疾 词
《碎金词谱》卷七

这首词的词题是“为陈同甫赋壮词以寄”，陈同甫即陈亮，也是南宋名士，全词基调正如标题所言，是一首“壮词”，写的既慷慨雄壮、大气磅礴，又有一种壮志未酬的悲壮。

读这首词，了解一点儿辛弃疾的身世是十分必要的。辛弃疾生于金人占领区，自幼精神壮健，一副英雄身躯，二十二岁时，拉起两千人的队伍揭竿而起，后投奔耿京部下，力主耿京归附南宋政府。曾亲率五十名忠义军骑马深入敌营，生擒叛徒张安国，并疾驰送建康，后又送杭州处死。辛弃疾是一个“下马能够草檄”，“上马能够杀贼”的文武全才，平生以气节自负、功业自诩。辛弃疾久经沙场，如今赋闲多年，然壮志未泯，总想杀敌报国，但现实却不给他机会。“醉里挑灯看剑，梦回吹角连营”，剑本是战场杀敌的武器，如今只在酒后摩挲，挑灯夜看，豪迈之中透出一种无奈。联系下文，同时参考刘斧《青琐高议》卷三中引高言诗句“男儿慷慨平生事，时复挑灯把剑看”，这句话更显示出词人的壮志未泯，并未忘记抗金的国家大业，随时准备起用。看剑忆往，故梦中又回到当年的军帐、沙场。也只能在梦中偶一回去，同样透出一种无奈。这里若只说连营，便觉平淡，加上吹角，连营之气势，战场之雄壮就全出来了。也正好引起下面梦中的内容，其实就是词人的回忆。用名牛八百里的肉给部下分吃，用五十弦的瑟弹奏边塞之曲，都是夸张的手法，旨在写出一种壮阔豪迈的场面和气势。小说《水浒传》中也最喜欢用这种手法来写英雄人物和场面，如写武松喝十八碗酒、赤手打死老虎，鲁智深在五台山力敌一二百人等。饱餐战饭，军乐鼓奏，沙场点兵，这都是战斗的准备工作。“秋”字极好，秋天的沙场，天高气爽，提振士气，画面感极佳。春偏柔弱，夏太潮热，冬又过于肃杀，唯秋最宜。这一片后几句从全词的节奏和情感发展来说，属于蓄势，一句“沙场秋点兵”将势作足、收住，就像弓上了弦，士兵铆足了劲儿，只等一声令下。

下片接上片，写具体战斗杀敌场面，不正面写杀伐，而是侧面着笔，从坐骑和武器的先进、快速来落墨，战马皆如的卢马一般飞快，箭从弓弦上发出的一刻如霹雳之声，可见是强弓劲弩，虽不言杀敌，而整个风驰电掣般的杀伐场面自然显现。下片起句便似将令已出，弓弦已发，上片所蓄之势，下片全部发出，如长江大河，一泻千里。接下来便又和开头呼应，回到此时此刻的人生，同时又是“弓如霹雳弦惊”一句的延续，乘胜杀敌，正好可以收复河山，建功立业。可是现实却并非如此，开头是无奈，结尾又是壮志未酬却已老去，扼腕之叹，溢于言表。

青玉案

东风夜放花千树。更吹落、星如雨。宝马雕车香满路。
凤箫声动，玉壶光转，一夜鱼龙舞。
蛾儿雪柳黄金缕。笑语盈盈暗香去。众里寻他千百度。
蓦然回首，那人却在灯火阑珊处。

青玉案

（正平调）

宋·辛弃疾 词
《魏氏乐谱》卷一

这是辛弃疾在临安元夕观灯之作，既写出了都城元夕街市的热闹繁华，又写了一次美丽的邂逅。这是英雄辛弃疾婉约的一面，这种婉约也是开阔大气的婉约，“东风夜放花千树”绝不是小家子气的儿女之态。词中“众里寻他千百度，蓦然回首，那人却在灯火阑珊处”一句曾被王国维《人间词话》引譬为“古今之成大事业、大学问者”必经过的第三境界。

起句“东风夜放花千树”，《阳春白雪》及此《魏氏乐谱》原作“未放”，非是，众本皆作“夜放”，“夜”字扣“夕”，风吹花“放”，且只有东风吹放千树之花，才能“更”吹落星如雨，如地上之花尚“未”能吹放，如何“更”吹落天上之星？故当作“夜”字为是。此处之树与花，当然是用灯装点起来的火树银花，正如唐人诗句“忽如一夜春风来，千树万树梨花开”。更吹落星如雨，星指灯球，《东京梦华录》记载说“诸营班院，于法不得夜游，各以竹竿出灯球于半空，远近高低，若飞星然”，既如星之亮，复如星之密，星密又似雨，风吹则雨落，此喻甚妙。临近了熙熙攘攘的街道，则可见各式宝马雕车与拥挤的人群，“香”既指街市所售物品之香，亦指烟火燃放之香，更指女子身上的化妆品散发之香。到处是看灯的人群，车满路，香满途，沿街又有各种娱乐活动，听见吹弹之声，见各色花灯飞转，更有鱼龙百戏、各色杂耍，“一夜”则指时间之长也，一派繁华热闹的元夕之夜的景象。

下片是一个特写镜头，蛾儿、雪柳皆指头饰，黄金缕既指头饰，也可指衣饰，以女子的穿戴来代指女子本人，只见她嫣然一笑，盈盈飘去，所过之处，尚有暗香残留。“盈盈”二字既可形容笑态，又可描述体态，那么美，那么轻盈的一个女子，一笑而过，混入人群之中，再也寻她不见。词人不能忘情于这一瞥，有意到处找寻，百转千折，总也寻觅不到，却于不经意间，蓦然回首，发现她正在灯火稀落之处。她为何不再去凑热闹，却来此灯火阑珊僻静之地？可能是看惯了繁华，一个人便想到灯少人稀处获取一份安宁，这也是人之常情，或者有其他原因？留给读者无尽的遐想。“众里寻他”，透出一种急切的渴望。“千百度”，指寻找范围之广，过程之曲折。而“灯火阑珊”既可指寻找时间之长，直到元夜繁华将尽时，亦可指地点之偏僻，场面之安静，将我们从一个“凤箫声动”“鱼龙舞”的热闹之地带回到完全个人的空间。从词的结构安排上来说，上片写密与闹，下片写疏与静，恰相映衬，将元夕之夜的完整场景与体验全部写出来了。

南溪梅令

好花不与殢香人，浪粼粼。又恐春风归去，绿成荫，
玉钿何处寻？
木兰双桨梦中云，小横陈。漫向孤山山下，觅盈盈，
翠禽啼一春。

鬲溪梅令

（仙吕调）

宋·姜夔 词
《白石道人歌曲》卷二

这首词的作者是姜夔，南宋诗人、词人，别号白石道人。他比陆游、范成大、杨万里、辛弃疾等人年岁上都要小，与当时名士游，又献《大乐议》给朝廷，颇有名气，具有很高的文学和音乐才华。但他科场不顺，以布衣终生。他传世的《白石道人歌曲》中有十七首词附有乐谱，是今存最珍贵的宋词音乐文献。千载之下尚能一聆宋音，姜白石的功劳最大。

〔鬲溪梅令〕是当时流行的一首曲调。词序中说：“丙辰冬，自无锡归，作此寓意。”知此词作于南宋庆元二年（1196年）冬天，而词中意象却为春日西湖，结合其所作〔江梅引〕词序“丙辰之冬，予留梁溪，将诣淮南不得，因梦思以述志”，梁溪地在无锡，为姜夔思念合肥恋人，此词作于同时，可知亦为怀念合肥恋人所作，特〔江梅引〕为写实，此为寓意而已。所谓花、绿荫、玉钿、盈盈者，皆为寓体，乃幻设情境。

好花偏偏不给喜欢这花香的人，喻爱恋的人却偏偏得不到，只见湖面一片波光粼粼，怅惘之情如在言表。只恐春归花谢，绿叶成荫，再也找寻不到。玉钿本是女子头饰，此处明喻梅花，暗指情人。绿成荫一句则用杜牧典，据《太平广记》载：杜牧游湖州时，曾见一小儿女，有国色天香之美，女孩儿年龄尚小，于是杜牧给女孩儿母亲以重金，约十年后来娶。可是杜牧因种种原因，未能如约而至，过了十四年才到，这时女孩已嫁人三年，而且生了三个孩子。杜牧感伤地赋诗一首：“自恨寻芳到已迟，往年曾见未开时。如今风摆花狼藉，绿叶成荫子满枝。”姜夔这里也是担心自己所思念的恋人或已嫁人生子，再也无处寻觅。

“木兰双桨梦中云”即〔江梅引〕中“旧约扁舟，心事已成非”也，泛舟之约如今已成梦中之云，无由实现，徒见眼前湖面小舟横陈而已。无处寻而仍要寻，故遍寻孤山山下，“漫”者，遍也，既有到处寻遍之意，又透出一种百无聊赖之感。如此仍觅之不得，所见所闻者，只有翠禽空啼而已。套用韦庄《台城》诗“六朝如梦鸟空啼”，此即为“伊人如梦鸟空啼”也，吴文英〔莺啼序〕中“暝堤空，轻把斜阳，总还鸥鹭”，亦与此意相近，都是人去物在，不胜伤感之意。全词用语极简，而意味深长，在舒缓的语调中，将怀人之情时隐时显地交织在自然景色里，浑融一片。

杏花天影

绿丝低拂鸳鸯浦。想桃叶、当时唤渡。又将愁眼与春风，
待去，倚兰桡更少驻。
金陵路、莺吟燕舞。算潮水知人最苦。满汀芳草不成归，
日暮，更移舟向甚处？

杏花天影

（越调）

宋·姜夔 词

《白石道人歌曲》卷二

这是宋代极为流行的一首词调。姜夔此词小序云：“丙午之冬，发沔口。丁未正月二日，道金陵。北望淮楚，风日清淑，小舟挂席，容与波上。”说明是在南宋淳熙十四年（1187年）正月乘船经金陵（今南京）时所作。这一年，姜夔大概三十几岁的样子，这期间创作的词，多与合肥情事相关。

此亦思念合肥恋人之作，就在写这首词的前一天，也是在金陵，他刚刚梦见了她，填了一首〔踏莎行〕。那首词也极有名，不妨引来作此词的参照：“燕燕轻盈，莺莺娇软，分明又向华胥见。夜长争得薄情知，春初早被相思染。别后书辞，别时针线，离魂暗逐郎行远。淮南皓月冷千山，冥冥归去无人管。”这一首则是写梦醒之后，金陵舟上因思念之苦而怔然茫然的情景。正月二日，春尚浅，江南柳芽或已微萌，但莺吟燕舞尚非其时，盖作者想象之词，因春日而连带及之，也是创作的需要，与愁苦的思念相对。词人写柳大概是有他的寓意所在，因为他的恋人所在的合肥便多种柳树，如其在〔淡黄柳〕词序中说：“客居合肥南城赤阑桥之西，巷陌凄凉，与江左异，唯柳色夹道，依依可怜。”又在词中说：“看尽鹅黄嫩绿，都是江南旧相识。”作者孤身一人，对鸳鸯浦，想桃叶渡，鸳鸯喻男女成双，桃叶为王献之的爱妾，王献之曾作歌在金陵秦淮河渡口送别桃叶，名曰《桃叶歌》，其词云：“桃叶复桃叶，渡江不用楫。但渡无所苦，我自迎接汝。”后来便有桃叶渡之称。皆以双衬单，更觉孤独。于是愁绪弥浓，眼神慵倦，所谓愁眼是也，放眼望去，尽是愁色。词人暂时泊舟于此，待要离去，则离合肥更远，然不得不去，又心系恋人，故又少住，哪怕能稍延片刻也好，一放一收，痴情毕现。

金陵路，莺吟燕舞，以莺燕的欢乐反衬词人的愁苦。莺燕不解词人之心，犹自欢歌无已，唯有潮水最能知晓词人此时的心绪。因作者正在船上，离潮水最近，而潮水的声音呜呜咽咽，在愁人听来，正是愁苦之音，故引为知己。看似能给人安慰，实则呜咽之声更添词人愁绪。“满汀芳草不成归”既是实写江上芳草已满，而自己却无法回到恋人身边，又化用《楚辞》的典故“王孙游兮不归，春草生兮萋萋”。归既不成，又不得不去，天色已晚，小驻亦达时限，必须要出发了，“更移舟向甚处”？对恋人的思念和留恋使他在不得不继续乘舟东下时仍然徘徊瞻顾，欲去不忍，欲回又难，仿佛这天地之间，除了恋人所在，所有其他地方，都没有什么意义了。

全词将容与波上、低徊不已的愁情置于伤感的春天，又恰在南朝佳丽地、秦淮河畔多情的金陵，既是写实，又是词意的绝妙安排。这首词文字虽不多，却写出了长调慢词才容易表达的回环往复、一唱三叹之感，的是佳作。

揚州慢

淮左名都，竹西佳处，解鞍少驻初程。过春风十里，尽荠麦青青。自胡马窥江去后，废池乔木，犹厌言兵。渐黄昏，清角吹寒，都在空城。

杜郎俊赏，算而今、重到须惊。纵豆蔻词工，青楼梦好，难赋深情。二十四桥仍在，波心荡、冷月无声。念桥边红药，年年知为谁生？

揚州慢

（中吕宫）

宋·姜夔 词

《白石道人歌曲》卷四

杜郎俊赏，算而今、重到须惊。
纵豆蔻词工，青楼梦好，难赋深情。
二十四桥仍在，波心荡、冷月无声。
念桥边红药，年年知为谁生？

这首词是姜夔早年之作，写于南宋孝宗淳熙三年（1176 年）冬，作者路过兵燹后的扬州，扬州最近曾于绍兴三十一年（1161）遭金兵侵掠。姜夔此来，虽已过去了十五年，但扬州之荒凉残破依旧，还无法恢复到昔日的繁华，恰又值夜雪初晴，暮色渐起，对荒城，听戍角，不胜感慨，于是创作了这首词。词前原有小序交代缘起，并说本词得到千岩老人萧德藻的称赞，认为有《诗经》中《黍离》之悲。

“淮左名都”“竹西佳处”，一用地理，一用典故（杜牧诗“谁知竹西路，歌吹是扬州”），皆指扬州。“过春风十里，尽荠麦青青”，此时正是冬天，“春风十里”非实写，而是用杜牧诗“春风十里扬州路”，指曾经繁华的扬州街道，今日都长满了荠麦荒草。下面用拟人手法，说自从金兵退去之后，至今连废弃的池塘、粗大的乔木都反感，乃至痛恨说起兵乱之事，物本不能言，却写成由于金兵入侵成为心中的伤痛而厌言而至无言，物犹如此，人何以堪！黄昏时，角声吹起，空城回荡，更添寒意！

杜牧风流倜傥，曾数来扬州，并写下多首诗篇，就算这时重来，也会感到心惊不已！“豆蔻梢头二月初”“十年一觉扬州梦，赢得青楼薄幸名”，都是杜牧的诗句。擅写扬州繁华，才华横溢的杜牧，面对此情此景，恐怕也深情难赋了。那些名胜如二十四桥还在，当年杜牧写到“二十四桥明月夜，玉人何处教吹箫”，风流之地如今只有桥下水波中荡漾的清冷月影，昔日歌吹沸天，如今凄寂无声。不禁想起春天来时，桥边红药还会开花，可为谁开呢？城破凋残，不过年年自开自谢，无人赏也无人怜了，正是扬州满目疮痍颓败景象的写照。

暗香

旧时月色，算几番照我，梅边吹笛？唤起玉人，不管清寒与攀摘。何逊而今渐老，
都忘却、春风词笔。但怪得、竹外疏花，香冷入瑶席。

江国，正寂寂，叹寄与路遥，夜雪初积。翠尊易泣，红萼无言耿相忆。长记曾
携手处，千树压、西湖寒碧。又片片、吹尽也，几时见得？

暗香

（中吕宫）

宋·姜夔 词

《白石道人歌曲》卷四

江国，正寂寂，叹寄与路遥，夜雪初积。
翠尊易泣，红萼无言耿相忆。
长记曾携手处，千树压、西湖寒碧。
又片片、吹尽也，几时见得？

这是咏梅词名作，与〔疏影〕皆一时所写，姊妹成篇。据姜夔该词小序可知，南宋光宗绍熙二年（1191 年）冬，词人冒雪去范成大的苏州石湖居所拜访，小住月余，应范之邀，制此二曲，范成大极为欣赏。词牌取自宋初诗人林逋咏梅名句“疏影横斜水清浅，暗香浮动月黄昏”。

此词名为咏梅，但直接涉及者，仅红萼、千树、疏花、香冷而已，并不细细摹写梅花情态，而是通过创设月色清寒，雪光映衬的外部环境，在怀念玉人的思绪中，写出一种清冷雅淡的词境，这种词境即是姜词典型的“清空”，正与梅花的品格若合符契。词的内容是在雪夜梅花的情境中怀人，以怀人为主，但人与梅又密切相关，一起摘的是梅花，一起携手散步是在千树梅花之下。玉人与酥胸，这类词不免俗烂，柳永写市井妓女的词多用之。词品高洁如姜白石，这类词是很谨慎的。但玉人用在此处，又恰到好处。玉之光洁温润，正与月色、雪光、梅花、瑶席、翠尊，在语言上相映成趣，故有助于造境，可见白石炼词，极为讲究。

起首便从怀人写起，想起旧时，月光下几番吹笛，清冷之极。此时唤起她，不管如何清寒，一起攀摘梅花，一个攀字，仰头垫脚的细微动作亦曲曲写出。继又以擅写梅花的何逊自比，说如今渐老，而竹外的几株梅花，冷香飘忽传来，正宜写诗吟咏，而自己才华退却，却怎么也写不成了。不怪自己无才，却怪梅花传香。实际是怪梅花勾起自己对玉人的思念，情思泛起，而玉人不在，无心写诗了。此时的江南，雪夜寒光，寂寞清冷。想折一枝梅花寄与她，路又被积雪阻断。对翠尊，无人共饮，看红萼，玉人不在，一个人对着梅花，无言耿耿相忆。又想起当年一起携手西湖漫步，岸边正有梅花千树，一个“压”字极好！树多，着雪，低沉，冬日湖面本已寒冷，千树“压”，则更寒矣。人虽不在，尚有梅花，见梅忆人，如果连梅花都片片吹尽也，则梅几时再见？人几时再见？

江城梅花引

白鸥问我泊归舟，是身留，是心留？心若留时，何事锁眉头？风拍小帘灯晕舞，对闲影，冷清清，忆旧游。

旧游旧游今在否？花外楼，柳下舟。梦也梦也，梦不到，寒水空流。漠漠黄云，湿透木棉裘。都道无人愁似我，今夜雪，有梅花，似我愁。

江城梅花引

（道宫）

宋·蒋捷 词

《魏氏乐谱》卷四

花 外 楼， 柳 下 舟。 梦 也 梦 也，
梦 不 到， 寒 水 空 流。漠 漠 黄 云， 湿 透 木
棉 裘。 都 道 无 人 愁 似 我， 今 夜 雪， 有 梅 花，似 我 愁。

此词又题〔梅花引〕，副题“荆溪阻雪”，作者蒋捷。荆溪在蒋捷故乡宜兴之南，其冬日行舟至此，为雪所阻而作。词中“泊归州”，众本皆作“泊孤舟”，唯《魏氏乐谱》作“归”。当是返乡途中，非离家外出。揆之词意，亦作返乡为优。

起首一句，白鸥、我与孤舟并写，意境已出。白鸥问我泊舟于此，是身留，是心留？不等我作答，鸥即以问代答，如是心留，而眉头紧锁，似有愁苦，必非心留明矣。非不等我言，不须我言，鸥鸟为我言也。鸥鸟既明我心，则鸥鸟即为我矣。天地一孤鸟，正如天地一孤舟、一归人也。身虽无奈而留，心则已神驰故乡。当此凄冷之际，对孤灯闲影，回忆涌上心头，既添温情，复增惆怅。旧游既指旧日游览之事，尤指当时共游之人。欲梦中追寻，奈梦又不成，所见者，空有寒水自流，昔日之花楼柳舟与同游之人皆不在矣，唯有夜雪黄云而已。独坐无眠，夜里湿冷的风打透了棉衣，至此，愁无极矣。但并非没有安慰，因我之愁，而将愁绪投射于外物，故所见无非愁者，岸边的梅花恰与我相对相伴，故亦与我同病相怜矣。

这首词的好处，一是画面感很强，意象以白鸥、孤舟、寒水、黄云、白雪、梅花为主，淡泊清冷，像一幅荆溪暮雪图。一是节奏流动自然，语言若波浪，接续推动，连贯而下，“旧游旧游”“梦也梦也”既加强了旧游如梦之感，又使节奏回还跌宕。一是细节描写准确，如“风拍小帘灯晕舞”，“拍”“舞”两字用得恰到好处，风轻轻拍打帘幕，吹进船内，灯光及其晕影来回轻微晃动，如风力过大，则帘掀而灯灭矣。

光盘选目

〔玉蝴蝶〕

演唱：祁　娜

笛箫：柳晨斌　琵琶：杨晓丹
古筝：张睿淇

〔水调歌头〕

演唱：李占秀

笛箫：韦建斌　古筝：于明洁

〔念奴娇〕

演奏：河北省歌舞剧院

〔夏云峰〕

演唱：赵　娜

笛箫：韦建斌　古筝：于明洁
二胡：刘　航

〔忆王孙〕

演唱：李占秀

笛箫：韦建斌　古筝：于明洁
二胡：刘　航

〔武陵春〕

演唱：祁　娜

笛箫：柳晨斌　琵琶：杨晓丹
古筝：张睿淇

〔凤凰台上忆吹箫〕

演奏：河北省歌舞剧院

〔破阵子〕

演唱：冯玉帅

笛箫：柳晨斌　琵琶：杨晓丹
二胡：刘　航　古筝：张睿淇

〔鬲溪梅令〕

演唱：李占秀

古筝：于明洁　笛箫：韦建斌

〔杏花天影〕

演唱：李占秀

古筝：于明洁

〔扬州慢〕

演唱：王彩庆

笛箫：柳晨斌
琵琶：库玉丹

〔暗香〕

演唱：李晨晨

古筝：王晓蕾　笛箫：柳晨斌

艺术总监：李占秀
艺术指导：于明洁　韦建斌
编　　曲：邓　博
录　　音：安方劲